절반의 길

시작시인선 0239 절반의 길

1판 1쇄 펴낸날 2017년 9월 8일
지은이 윤임수
펴낸이 이재무
책임편집 박은정
디자인 이영은
펴낸곳 (주)천년의시작
등록번호 제301-2012-033호
등록일자 2006년 1월 10일
주소 (04618) 서울시 중구 동호로27길 30, 413호(묵정동, 대학문화원)
전화 02-723-8668
팩스 02-723-8630
홈페이지 www.poempoem.com
이메일 poemsijak@hanmail.net

ⓒ윤임수, 2017, printed in Seoul, Korea

ISBN 978-89-6021-332-6 04810
      978-89-6021-069-1 04810(세트)

값 9,000원

절반의 길

윤임수

천년의
시 작

지리산 언저리에 있는 "갤러리 길섶"
여기에 오면 모든 것이 가만 머문다.

둘레길을 홀로 걷다 들어온
젊은 처자의 무거운 발걸음도 머물고
세상사 잠시 내려놓고 먼 길 떠나온
중년 사내의 힘없는 눈길도 머물고
서로를 바라보며 웃음 그치지 않는
아직 어린 연인의 보드라운 손목도 머문다.

그 발걸음 그 눈길 그 손목
어루만지며 다독거리며 쓰다듬으며
초아흐레 달빛도 머물고
그 달빛에 잠시 넋을 놓은
뒷산 소나무 향기도 머물고
그 소나무 향기 속에 살며시 스며든
바람도 잠시 숨을 멈추고 머문다.

그렇게 나도 맑은 당신 곁에 오래오래 머물고 싶다.
어루만지며, 다독거리며, 쓰다듬으며,

2017 . 여름

차 례

시인의 말

제3부

제1부

하늘 강

해가 지면서 잠시 열린 하늘 강

그대 오늘도 잘 살았다고
가만사뿐
불그레한 웃음 전하고 있다.

3월

보문산 허리께 보문사지
바싹 마른 감나무 삭정이 그늘에
오래 함께 걸어갈 당신과
가만 몸 누이고 싶은
가끔 당신 쪽으로
몸 가볍게 돌아눕고도 싶은

봄

물 잔잔한 대청호 옆
쑥 뜯는 아낙 있어
오늘 저녁은 그 집
가슴 저절로 벙그러지는
쑥 향기 가득하겠다
식구들 모두
파랗게 새살 돋겠다

봄비

애썼다 참말로 애썼다
아직 다 녹지 않은 얼음 호수에
오도카니 발 담그고 서 있는
마른 버드나무 가지를 다독이며
비가 오고 있다
봄비다

괜찮다 정말로 괜찮다
어깨 축 늘어뜨리고
먼 길 느릿느릿 걸어가는
늙은 홀아비의 발걸음을 토닥이며
비가 오고 있다
봄비다

얼레지의 봄

저 꽃술에 입을 맞추면 내 입에도 꽃이 피려나
살짝 달아오른 보랏빛으로 내 입술도 피어나려나
보랏빛 입술이 번져 온몸 간질거려
온통 화사한 봄빛으로 물들어 가려나
물들어 또 물들어 피돌기 더욱 빨라지려나
도무지 주체할 수 없어 실눈마저 반쯤 감겨
나른한 오후에 비스듬히 빠져들려나
그리하면 세상은 아늑한 실눈의 꽃 천지
너도 가만 하나의 꽃이 되어 내게 오려나
아니 그 생각만으로도 이미 내게 와 있으려나

발걸음 소리

햇볕 들지 않는 산길
단단한 얼음 녹이는
산객의 밝은 발걸음 소리

안으로 움츠러드는 날들
처지는 마음 다독이는
그대 따스한 발걸음 소리

절뚝절뚝, 강아지

산길에서 만난 강아지 한 마리, 이리 오라고 손짓해도 잔뜩 움츠린 몸으로 바라보기만 하더니 슬며시 뒷걸음치다 돌아서 간다. 그 녀석 참, 하면서 바라보는데 뒷다리 하나가 몸을 지탱하지 못하고 대롱대롱 매달려 간다. 아차, 상처가 있는 몸이었구나. 다쳐서 주인에게 버려졌는지, 밖에서 다쳐 집으로 돌아가지 못하는지, 무거운 눈길이 허방으로 빠져들었다.

오늘 밤은 그 다리 살뜰히 끌어안고 다독다독 잠을 청해야겠다.

괜찮다

유월 습한 산길 걷다가
오르막 산길을 헉헉거리며 걷다가
발밑을 지나는 지렁이 피하려다
삐끗, 살짝 발목 삐었다
순간 휘청거린 몸 추스르고
얼굴 찌푸려 지렁이를 보는데
느릿한 움직임이 천하태평이다
마치 아무 일도 없었던 것처럼
나무도 풀도 바람도 조용하다
그래 괜찮다
아무 일도 없었던 것이다
지렁이는 제 갈 길 가고
나도 잠깐 발목 주무른 뒤
산길 계속 오르면 되는 것이다
그래 그러면 되는 것이다

늦가을 단상

외로운 것이 꼭 슬픈 것만은 아니어서

그 덕에 오랫동안 잊고 지내던
깜빡깜빡 초승달도 올려보게 되고
바람이 홀로 우는 소리도 듣게 되고
마른 산속에서 밤새 몸을 뒤척이는
억새의 서걱거림도 생각하게 되고

저 달

초저녁부터 후배 시인 이혼 이야기를 엿듣더니
어느새 그렁그렁 눈물 머금고 있는 저 달

까짓것 지난 세월일랑 훌훌 털어내자 하니
덩달아 입꼬리 한번 추어올리는 저 달

그래도 남은 서러움 있어 눈물 살짝 찍어내니
모르는 척 먼 곳 바라보며 눈가를 훔치는 저 달

아이 혼자 기다린다고 서둘러 가는 발길에
오래오래 따듯할 길 하나 깔아주는 저 달

뒷모습 바라보다 돌아서는 내 어깨도
잘 살 거야, 잘 살 거야,
토닥, 토닥여주는 저 달

후미진 곳

자꾸만 들여다보게 되는
어느새 발걸음도 그쪽으로 향하고 있는
후미진 곳

분꽃이 어깨 축 늘어뜨리고 있는 곳
땅에 길게 엎드린 강아지도 짖지 않는 곳
오래된 담벼락이 금세 와르르 무너질 것 같은 곳
설익은 대추알이 심심에 겨워 툭 떨어지다가
제 소리에 놀라 슬그머니 풀숲으로 기어드는 곳
햇볕도 서둘러 품을 거두는 곳
바람도 심드렁히 지나간 뒤 다시 찾지 않는 곳
조용과 조용이 손을 잡고 움직이지 않는 곳

그런 곳에 자꾸만 눈이 간다
지친 눈빛으로 쓸쓸히 뒤돌아선 너와 같아서
그런 너를 힘없이 바라보고 있던 나와 같아서

가을

아침 안개 속으로 햇살 한 줌 스미어 번지니
여린 대추 한 알 비로소 수줍게 웃습니다.

새벽달

움츠러드는 마음 애써 추슬러
찬바람 맞으며 일터로 가는 발걸음을
다독, 다독거리는
다리 아픈 늙은 어머니의
섣달 스무하루 가물가물한 눈빛

말의 잠

말들도 겨울잠을 잤으면 좋겠다

겨울잠에 들어
고함과 비난과 악다구니와
트집과 막말과 비아냥거림은
하얀 눈에 묻혀 좀 유순해지고
모욕과 천시와 안하무인과
멸시와 경멸과 아귀다툼은
더 깊은 잠에서 끝내 깨어나지 말고
새봄이 오면
맑고 참하고 순수하고
밝고 부드럽고 따뜻하고
고운 말들만 예쁘게 싹 틔울 수 있도록

말들도 겨울잠을 푹 잤으면 좋겠다

서촌

서촌에나 갈까나
문득 쓸쓸하다고 느껴지는 날
주위에 아무도 없다고 여겨지는 날
이슬비 촉촉한 겨울 한 자락을 싸들고
아무도 모르게 서촌 골목길에나 스며들까나
육십 년도 넘은 오래된 책방 대오서점에 가서
포크송대백과나 히트가요대전집을 뒤적거리며
추억의 옥수수빵이나 자근자근 씹어볼까나
누구나 잘 통할 것 같은 통인한약국에 들러
바람 사이 약초 냄새나 품어볼까나
그러다가 아예 바람처럼 훌쩍
삼십 년 모범업소 형제이발관에 들러
유치한 장식과 소품에 아랑곳하지 않는
내공 가득한 가위질이나 조용히 바라볼까나
하염없이 바라보다 슬슬 출출해지면
반쯤 눈을 감고 통인시장으로 내려와
옛날 기름 떡볶이나 한 접시 먹어볼까나
오래된 친숙함을 속으로만
오직 속으로만 되새기며
참 좋은 하루였다고 가만 말해볼까나

겨울 숲

야생을 위해 도토리를 덮어주는
저 무성한 낙엽들

겨울이어도 숲은
결코 메마른 것이 아니었습니다.

곡선

대청호 옆에서 가만 쑥을 뜯고 있던
어르신의 살짝 굽은 등을 본 이후
내게 봄은 곡선으로 다가왔고
그 등을 생각할 때마다
내 마음은 온통
아늑한 곡선으로 채워지고 있습니다.

제2부

절반의 길

기쁨과 슬픔, 희열과 고통, 설렘과 실망, 희망과 좌절, 찬사와 분노, 이해와 오해, 관심과 무시, 사랑과 미움, 격려와 질책, 덕분과 때문.

겨울 계족산을 오르다가 남향인 왼쪽 절반은 햇볕에 내어주고 북향인 오른쪽 절반은 눈에 덮인 봉분 하나를 보았다. 나는 가급적이면 왼쪽 절반의 길을 걷고 싶다.

나의 시

예술로는 자연을 볼 수 없다는 시인 최종천은
"나의 시는 예술이기를 포기한다"라고 했는데
예술이 무언지조차 잘 모르는 나는
하루하루 열심히 살자고 이를 악물었던 나는
내 시가 그런 내게 위로가 되고
내 옆의 사람들에게 조금이나마 힘이 되기를 바랐다
누군가는 백 년 뒤에도 살아남을
위대한 시를 쓰겠다는 굳은 다짐을 내뱉었지만
그때까지 살아 있을 자신이 없는 나는
그때까지 살아 있고 싶지도 않은 나는
그때의 시는 그때의 시인에게 맡기고
살아 있는 동안만이라도
나하고 같이 살아 있는 사람들에게
따뜻한 위안이 되는 시를 쓰고 싶었다
그런 생각으로 아름다운 사람들과 어울리다가
그런 생각으로 기꺼이 술잔을 넘기다가
밤늦게 비틀비틀 취해 집에 돌아와
전날의 기억을 송두리째 내려놓기도 하고
착한 아내에게 꽤나 혼나기도 했지만
지금도 그런 생각에 전혀 변함이 없고

앞으로도 그렇게 살아갈 것이기에
나의 시는 여전히
진정으로 모두가 따뜻한 세상을 향할 것이다
내 옆의 소중한 사람들과 늘 함께할 것이다.

이다음에 우리는

약간의 아침밥을 느긋하게 먹고 나와
온 힘을 다해 솟아오른 새싹을 반갑게 만나고
그 새싹을 반짝이게 하는 이슬에 눈빛을 보태고
그 이슬을 투명하게 비추는 햇살에 손을 내밀고
그 햇살을 어루만지는 산들바람을 가슴에 담고
그 산들바람이 좀 쉬었다 가도록 기꺼이 품을 내어주는
늙은 나무의 유순한 그늘에 잠시 서 있었으면 좋겠다

그리고는
내가 좀 더 비워진 곳에 우리를 담고
천천히 가볍게 돌아왔으면 좋겠다

칠불암

경주 남산 칠불암
바위에 들어앉아 계신 부처님 일곱 분
지금은 저리 새치름하니 모른 척하고 있지만
막상 우리가 떠나고 나면
자기들끼리 가만 속삭일지도 몰라
낮의 그 사람들은 잘 내려갔을까
부드러운 미소 한 줌이라도 담아갔을까
서로 따사로운 눈빛 잘 건네고 있을까
가끔 옷깃을 다시 여미며
은밀하게 눈빛 나눌지도 몰라

그것 참 궁금하여
초닷새 달빛으로 가만 바위에 내려앉고 싶네

채송화

컴컴한 뒷방 뒤져 어머니
종자 콩 팔아 돈 사온 날

가난에 흠뻑 취한 아버지와
해거름부터 대판 싸운 날

울 밑에 쪼그려 앉은 내게
달빛 웃음 건네주던,

거미줄에 걸리다

애벌레에게는 미안하지만
아침 산책길에 만난 거미줄을
나는 걷어내지 못했네

밤새 망을 친 거미에게는
내가 그 삶을 망치는
또 다른 거미일 수 있다는 생각이
온몸을 멈칫거리게 했네

생명이라는 것,
내 하루의 시작이 잠시
희미한 거미줄에 걸려 있었네

게으름쟁이

가끔은 게으름에 몸을 맡기고 싶다
해가 뜨거나 말거나 이불자락을 붙잡고 있다가
밤새, 아니 아침나절까지 별일 없었는지
작은 남새밭이나 한 바퀴 천천히 돌아보고
푸성귀 몇 잎으로 가벼운 식사를 한 뒤
역시 가벼운 헛기침으로 새들에게 인사하고
아니어도 전혀 개의치 않을 새 소식이
혹시나 있는지 엉성한 우체통을 기웃거리다가
다시 저녁이 오면 낮은 등을 켜놓은 채
막걸리 한 잔을 따라놓고 그리운 벗들을 위해
고요에 평온함과 넉넉함을 함께 담은
웃음 엽서 한 장을 별빛에 실어 보낸 뒤
늘 더디게 영그는 저 호두알과 같이
오늘도 넘치거나 급하지 않게 지낸 하루라고
막 번지기 시작한 안개 속에 혼잣말을 던지고
잠은 오거나 말거나 오래된 책장을 뒤적거리는
가끔은 홀로 복에 겨운 게으름쟁이가 되고 싶다

내 구름

　식장산 독수리봉에서 해맑은 얼굴로 한가하게 놀고 있는 구름을 혼자 보았다 그 구름을 내 구름이라 하였다 부디 욕심이라고는 하지 않았으면 좋겠다

맛있는 밥상

찐 가지를 양념간장에 찍어주는
당신 고운 손가락을 바라보며
입맛을 쩝쩝 다시는 밥상으로
아직 여린 달빛
은근하게 스며드는 저녁

근황

앞뒤 재지 않고 욱하던 시절이 있었네
함부로 뱉은 말들이 사정없이 벽을 때렸고
날아간 소주잔이 서로를 아프게 치기도 했네
그러나 이제는
생의 뜨내기들 허름하게 모여드는
역전시장 막걸릿집 막된 고성에도
눈살 쉽게 찌푸리고 싶지 않네
아무도 거들떠보지 않는다 해도
더 이상 서운한 내색 보이고 싶지 않네
그저 늘 아무 일도 없는 것처럼
신산한 삶의 언어들이나 술잔에 풀어
홀짝홀짝 마시고 싶네
그렇게 몇 잔 술에 취해
욱하고 속엣것들 쏟아지더라도
까짓것 쓰윽 닦아내고
아무 일도 없었던 것처럼 돌아오고 싶네
그것이 마치 오랜 습관인 것처럼
조용히 하루를 여미고 싶네

그 술집

며칠 만에 찾아가도
아따 참말로 오랜만이네
경쾌한 호들갑이 반겨주는 집

주름 순한 바깥어른의 너스레가
그대로 안주가 되는 집

오늘 맛있는 게 뭐요 물으면
그야 당연 술이지 뭐 답변이
약간의 취기를 머금고 날아오는 집

그 말이 반가워
나도 때로는 술안주가 되는 집

아주 가끔은 세상을 등지고
주인장과 작당하여 한 사나흘
취했다 깼다 하고 싶은 집

그 기꺼운 자리에

그대도 꼭 부르고 싶은 집

그 술집

독작

장맛비의 순우리말은 오란비인데
누구를 오라고 그리 불렀을까
아직 내게 없는 그대는
아무리 불러도 올 리 없으니
이렇게 장맛비 쏟아지는 날에는
먹을 갈던 강진의 다산도
금을 뜯던 송도의 황진이도
산길 더듬어 낯선 주막에 든 고산자도
쓸쓸한 가슴 가득 술을 부었을 것이라고
중얼중얼 혼잣말이나 내뱉으면서
한 잔 가득 막걸리나 마시는 것이다
그것이 비에 대한 예우라고 다독이면서
한 잔 가득 외로움이나 마시는 것이다
그것이 술에 대한 의리라고 위안하면서

쉼표

막역한 여자 후배에게 작은 선물 하나 줬더니 늘 고맙다
며 자기도 무언가 주고 싶다 말한다. 그렇다면 입술… 이라
고 실없는 농담을 건넸더니 그건 좀 그렇지… 라며 살짝 눈
을 흘긴다. 순간 드는 생각이 있었으니 그렇다면 입, 술…
두 눈 동그랗게 뜬 그녀, 그렇게 표현할 수도 있네… 하며
풀풀 푸른 웃음을 피워 올렸다. 덩달아 나도 가볍고 즐거워
졌다. 쉼표 하나 찍었을 뿐인데 마음이 부드럽게 풀어지고
있었다. 그래, 가끔 이렇게 쉼표를 찍자. 마침표 아닌 쉼표
가 내 메마른 날을 촉촉하게 적시어주고 있다.

저 맷돌

어쩌다 두부며 부침개며 찰떡으로
배고픈 날들 슬슬 달래준 저 맷돌

우리 어머니 한숨과 응어리도
잘게 부수어 다독거려 준 저 맷돌

지금은 골동품 가게 한구석에 들어앉아
거뭇거뭇 검버섯으로 늙어가지만

아랫돌에 잘 박아놓은 중쇠처럼
중심 잘 잡고 살아라 말씀 건네는 저 맷돌

둘이든 셋이든 호흡 잘 맞는 맷돌질처럼
너희들 잘 어우러져라 눈빛 주시는 저 맷돌

잠시라도

아픔을 다독이기 위해 숲길을 걷다가
바람의 촉감마저 잊는 것처럼

슬픔을 말리기 위해 바위에 앉았다가
햇살의 손길마저 잊는 것처럼

사는 것은 결국 잊는 것이고
잊음의 완성은 잊음까지 잊는 것이라고
그게 유일한 진실이라고 믿는 사람처럼

내일을 위해 잠시라도
그렇게 서러운 우리는

무의도 노을

나 죽을 때도
저리 부드럽게 환한 모습이었으면,

제3부

사람

씨 뿌리는 사람, 키질하는 사람, 건초를 묶는 사람들……
19세기를 대표하는 프랑스 화가 장 프랑수아 밀레의 그림에
는 여러 사람이 들어 있다.

내 시에도 사람이 가득했으면 좋겠다.

스미고 번지다

참 인간적인 자유 박석신 화백이
막걸리 한 잔을 천천히 비우고 나서
한지에 스미고 번지는 물감 얘기를 꺼냈을 때
내게도 스미고 번지는 것이 있었으니
여린 봄날 수줍게 미소 짓고 있는 제비꽃과
장대비에 통통통 튀어 오르는 삼랑진 만어석과
차가운 길바닥을 곱게 덮어주는 은행잎과
시린 호수를 가만 감싸는 얼음 외투와
늘 사뿐사뿐 정겹게 다가오는 그대 목소리

생각만 해도
내 마음 뜨뜻하게 다시 스미고 번지는
그 곱디고운 것들,

운주사 와불

한겨울 내내 뒤척뒤척
노숙으로 견디시더니
꽃망울 맺히자 비로소
햇살 품에 고이 잠든
저 오래된 여민의 침묵

청계사 가는 길

꽃 속의 그윽한 푸름 그리워라
그토록 설레던 오월도 다 지나가는데
방에서 하릴없이 뒹구는 게 싫어
뜨거운 햇볕 아래 청계사 가는데
미리 마음 가득 푸른 계곡 쟁이고
점심 공양이나 하러 청계사 가는데
의왕에서 인덕원까지 전철 타고
다시 마을버스 갈아타고 청계사 가는데
부처님께서 어서 오라 하실지
뭐 얻어먹으러 오느냐 하실지는 몰라도
설마 대번에 내치시지는 않겠지
두 손 다소곳 모으고 청계사 가는데
웬 사람들이 이리도 시끌벅적 많은지
나처럼 공양이나 하러 가는지
심심파적 나들이를 하는지
신심으로 부처님 뵈러 가는지는 몰라도
기왕 나선 길이니 다들 공양 잘 하시기를
마음 가득 뜨뜻한 것 잘 채우시기를
모은 두 손에 힘주어 빌어보는 것인데
벌써 푸름 깊어지고 새소리 더욱 맑아져

내 몸에도 솜털같이 우담발라 피어나는 듯하고
공양도 하기 전에 내 마음 따뜻해지는 것이었다.

불티나게

경상북도 약목역 근처 작은 식당 메밀칼국수집 점심 손님 모두 떠난 나른한 오후 열무 겉절이에 막걸리를 마시면서 수더분한 주인아주머니 이야기를 듣는다.

수육 이만 원어치 드시면 막걸리 한 병 공짜라고 쓴 좀 유치하지만 저기 벽에 붙인 종이 좀 보세요 수육 맛있게 드시고 활짝 웃으라고 웃는 돼지 얼굴 크게 그렸어요 나란히 손잡고 서 있는 아저씨 아주머니처럼 다들 다정하게 드셨으면 좋겠어요 종이 아래쪽 불태운 흔적도 좀 보세요 수육이 불티나게 팔리라고 일부러 그랬어요.

순간 웃음이 터져 나왔다 재미있네요 아주머니 참 재미있어요 정말이지 수육이 불티나게 팔릴 것 같아요 하하하 호호호 가리지 않고 웃는 작은 공간에서 나른한 오후가 귀를 매만지며 어리둥절 깨어났다.

석류

허름한 집에 빼곡히 들어앉아
서로 손잡고 뺨 비비다가
마음이 마음에 온전하게 닿아
한껏 머금은 웃음으로
세상 문 저절로 열리게 하니
참하여라
이 가을도 환하게 익어가겠네

관악사지

한때 융성했으나
이제는 폐사지라 부르는 곳
버려진 우물 하나와
한 기의 부도만 남아 있는 곳
망초가 만발하여 망조가 든 곳이라고
지레짐작할 수도 있겠지만
자세히 보면 먼 길 달려와 온몸 노곤한
바람 한 자락 고이 잠들어 있는 곳
꽃잎이 졸린 눈을 비비며
그 바람 자장자장 어르고 있는 곳
버려진 우물 하나와
한 기의 부도를 오랜 상처로 보듬고
아무렇지도 않은 듯
은근슬쩍 한여름 햇볕을 끌어들여
긴 호흡으로 내통하는 곳
밤이면 달빛도 내려와서
한숨 푹 자고 갈 것만 같아
바라보는 마음도 자유롭고 편안해
세존의 말씀이 이런 것이구나 알게 하는 곳
그러므로 폐사지라 부르는 것이

얼마나 경솔한 짓인지 느끼게 하는 곳
그리하여 당신 발걸음을
오래오래 붙잡아두고 싶게 하는 곳

가을밤
―용숙에게

너와 함께

짠한 달빛 어루만지며 막걸리에 온몸 젖고 싶은,

깍두기

초등학교 담벼락에 바싹 붙어 있는
삼십 년 전통의 신림순대 아주머니
투박한 손이 깍두기를 버무리는데
마침 지나던 덥수룩한 사내
걸음을 멈추고 침을 삼킨다
투박한 손이 깍두기 하나를 집어
덥수룩한 사내의 입으로 향한다
사내의 입이 헤벌어지고
깍두기를 받아 우걱우걱 씹는다
햐, 고것
다시 길게 벌린 사내의 입으로
하루 일을 마무리하려던 해가
쏘옥, 들어간다
저 사내 내일은 분명
태양처럼 힘차게 솟아날 것이다

보따리

명절을 맞아 역을 향해 종종거리는
저 양손 보따리에 든 것은 무엇일까
금산인삼일까 영광굴비일까
늙은 어미 보신을 위한 한우 사골일까
일찌감치 먼저 가신 아비가 좋아한 안동소주일까
아니 아니지 저 보따리에 든 것은 정이겠지
그리움과 약간의 설렘이 담긴 정이겠지
아마도 그렇겠지

고향에 가서 마음을 편히 풀어놓을
저 양손 보따리가 담아올 것은 무엇일까
잘 말린 호박고지일까 무말랭이일까
고소한 날들을 위한 참기름일까
벽장 속에서 묵은 세월 털어낸 가족사진일까
아니 아니지 저 보따리에 담길 것은 정이겠지
아쉬움과 약간의 걱정이 담긴 정이겠지
아무래도 그렇겠지

교동도 대룡시장

피로 회복에 좋다는 여주차를 주는 새댁도
마른 새우를 권하는 목청 좋은 아주머니도
굽은 허리로 잘 키운 푸성귀 파는 할머니도
한 잔 가득 막걸리를 따르는 통일주막 주모도
그 술 마시고 발그레해진 반백의 아저씨도
너도나도 즐겁고 너나없이 흥겨워서
담벼락 그림 속 아이들도 따라 웃고
쥐를 잡자 표어도 덩달아 어깨 으쓱이는
나들길 오래 걸어온 내 발 편안해져
시간도 잠시 쉬어가는 강화 교동도 대룡시장

그냥가게

늙은이가 촌에서 구멍가게 하나 차렸는데 당최 이름 짓기가 어렵더라구 그래 드나드는 사람들에게 이름을 뭐라고 지었으면 좋겠느냐고 물어봤지 근데 누가 뭐 그런 것으로 고민하느냐구 그냥 가게라구 하라구 퉁명스럽게 한마디 던지더라구 뭐 그것도 좋을 것 같아서 바로 나무 간판 하나 달았지 달고 나서 보니 그냥가게도 그냥저냥 좋더라구 쓸데없이 거창하지도 않구 웃기 좋아하는 나처럼 편하기도 하구 그렇더라구 그건 그렇구 기왕 왔으니 뭐라도 사가야지? 왜 그냥 가게?

무작정

아무런 생각 없이 찾아온 양산 통도사 사명암
그 한쪽 귀퉁이 무작정에 앉아 무작정을 생각하니
내가 여기까지 온 것도 무작정이었듯이
무작정 그대를 만나 술잔을 부딪쳤고
술잔을 부딪치면서 기꺼이 그대와 어우러졌고
그리하여 하늘의 구름도 유유히 흘러갔고
반쯤 찬 달빛도 은근슬쩍 따스히 스며들었으니
작정하고 덤빈 날들이야 그렇다 치고
무작정 살아온 날도 평온으로 말하자면
결코 헛된 것만은 아니어서
다시 무작정 현판을 지긋이 올려다보며
무작정,
그대에게 은은한 눈빛 한 번 더 건네는 것이다

재채기

하던 일 멈추고 창가에 앉은 것은
창가에 앉아서 슬슬 졸음에 빠진 것은
온몸을 간질이는 햇살 때문이었네
잡다한 생각을 햇살에 내어주고
나른하게 졸고 있는 동안
솜사탕 같은 구름이 천천히 흘러갔고
명자꽃이 붉은 웃음으로 다가왔네
살랑살랑 봄바람이 뺨을 어루만지며
가슴속 깊이 스며들었고
먼 곳으로부터 아이들의 깔깔거림이
연방 자장가로 건너왔네

그러다가 화들짝 놀라
어리둥절 현실로 돌아오고 말았으니
에고,
이 몹쓸 놈의 낯선 재채기

헛개

"앞으로 우리 사무실 공식 음료는 헛개차로 혀, 그러믄 다들 무슨 일이든 내가 헛게유 할 것 아니겄어?"라고 했더니 아 글쎄 입사한 지 몇 개월밖에 되지 않은 신입이 "그러다가 자꾸 헛개 보이믄 어쩌지유?" 하는 것 아니겠어, 헛, 그것참.

제4부

단풍

짙푸른 노동을 마치고
석양에 기대어 거하게 한잔한
티 없이 맑은 저 얼굴

북한산 짐꾼

　나는 북한산 짐꾼이라네. 사람들이 그렇게 부르지. 내가 하는 일은 무거운 짐을 지고 북한산을 오르는 일. 산장에 오는 사람들의 배를 채워주기 위해 묵묵히 식량을 나른다네. 긴 머리, 덥수룩한 수염, 낡고 해진 옷차림을 보고 기인이라거나 민도사라고도 하지만 나는 그저 자연이 좋아서 여기 있을 뿐이라네. 갈등과 다툼과 물질의 거센 유혹이 싫어 자연을 스승으로 받들며 살고 있다네. 삼십 년 넘게 이 일을 하면서 나는 언제나 자유인이었네. 비가 오나 눈이 오나 낮이나 밤이나 일할 수 있는 자유가 내게 있다네. 짐을 지고 산을 오르는 거친 호흡은 내 몸의 노래이고 정당하게 땀 흘려 번 돈은 내 마음의 노래라네. 그러니 잠시 다녀가는 그대. 내 노래 한 자락 담아가게나. 혹여 지치거나 힘들 때 그 노래가 다독여줄 것이네. 자, 그럼 잘 가시게.

꽃

백목련이 피었다 지고
낯선 바람이 불고
벚꽃이 피었다 지고
서늘한 비가 내리고
철쭉이 피었다 지고
안개가 더욱 자욱해지고

슬퍼하지 말자
한창이 되려면 아직 멀었다

겨울 석양

저 지는 해가 아름다운 것은
정성껏 마음 모아
시린 등 가만 어루만져 주고
그늘진 곳 밝히기 위해
조금 더 몸 낮추었기 때문이지
그리고도 못내 애틋함 남아
힘내라고 힘내라고
애써 활짝 웃고 있기 때문이지

나 하던 일 잠시 멈추고
두 손 가득 공손히
그 아름다운 위안 받아드네

왕송호수의 겨울

찬바람으로부터 물고기를 보호하려고
얼음 이불을 펼친 호수
새들의 단잠을 깨우지 않으려고
추위에도 몸을 흔들지 않는 버드나무
배려는 그런 것이다
누가 그것을 알지 못한다 해도
가만
마음을 다하는

노숙

잡으려다 잡으려다 놓친 세상
허허 쫓겨나 잠시 넋을 놓고 있지만
그리 안타까운 눈으로 내려보지 마시라
혹시 뭐 건네줄 게 있으려나
가난한 주머니를 뒤지지도 마시라
배고파도 눈 감으면 고프지 않고
서러워도 돌아누우면 서럽지 않으니
별이 뜨면 다시 꿈을 꾸고
해가 뜨면 다시 일어설 것이니
길 가다 멈춘 사람아
걱정 말고 가던 길이나 마저 가시라
그래 내 삶 아직 끝나지 않았으니
그래 내 길 다시 걸어갈 것이니

누워서 사는 소나무

단양 황정산에는 누워서 사는 소나무가 있지
편하게 살려고 그러는 것이 아니라
불의의 일격을 받고 쓰러졌으나
끝내 삶을 포기하지 않아서 그런 것이지
자신은 더 이상 키우지 못하면서도
몸에 걸친 가지들을 위해 애쓰는 것이
한 번도 나은 삶을 살지 못했지만
자식 위해 새벽잠을 떨치던 아버지 닮았지
초라함과 궁색함에서 벗어나지 못해
늘 미안하다 말한 어머니 닮았지
산객들 그 몸에 앉아 좋다며 사진 찍을 때
눈 속에 그 소나무 담고 발길을 재촉했지
계속 가면서 두 손을 바싹 쥐었지
아무것도 없으면서 왜 살아야 하는지
혼자서 그 먼 길을 어찌 가야 하는지
그따위 생각은 버리기로 했지
나만 그런 것이 아니구나 위안도 했지
그런 생각에 누워서 사는 소나무 참 고마웠지
오래오래 그곳에서 푸르게 빛나기를 기원도 했지

양촌집

　막걸리 안주로 낼 김치 담그려고 역전시장에서 열무 몇 단 사오다가 땀 좀 식히려고 작은 나무그늘에 앉았는데 그만 깜빡 졸았지 뭐야 근데 아무리 꿈이라도 그렇지 가슴 설레게 하는 멋진 남정네를 원한 것은 아니지만 하필이면 허구한 날 큰소리친 그 인간이 나타날 게 뭐야 앗 뜨거워라 눈 떠 보니 매미 울음소리 요란한데 그늘이 저만치 물러나 있지 뭐야 하늘에서 가만 바라보니 땡볕에서 졸고 있는 늙은 마누라가 안쓰러웠나 봐 그러고 보니 그 인간 간 지도 여러 해 되었는데 어떻게 잘 지내는지 몰라 에구 주책이지 별 얘기를 다 하네 그나저나 날도 더운데 한 병 더 할겨?

조남희 여사

경기도 의왕시 부곡 도깨비시장
개성 있게 살고 싶은 남편이 이름 붙인
개성왕족발 안주인 조남희 여사
언제나 환하게 웃는 모습 참 보기 좋은데
전통시장 명품가게로 인증되어 더 기분 좋게
콩나물국 끓이고 마늘을 써는 조남희 여사
오늘도 별 소득 없이 하루를 마쳤지만
그럭저럭 수고했다고 매운 족발에 소주를 치는
우리들 말 안주에 기꺼이 끼어
사람들이 존함을 물어보면 아직도 어색해요
존함이 뭐예요 물으면 당연히 조남희요 하는데
자꾸 장난한다고 뭐라고들 하니까요
하면서 스스럼없이 키득거리는데
족발도 좋지만 정 가득한 그 웃음이 더 좋아
홀짝, 소주를 한 잔 더 들이켜게 되는데
세상사 근심 걱정일랑 온데간데없어라
술잔을 가득가득 또 채우게 되는 것이니
그리하여 이 저녁도 제법 좋아졌으니
오, 고마워라, 개성 만점 조남희 여사

격렬비열도

세상 어디 갈 곳조차 없는 듯
막막한 허공에 둥둥 떠 있는 듯
아무리 둘러봐도 보이는 것 하나 없는 듯
그렇게 생의 거센 파도에 맞서
한 세월 조금씩 갉아먹었지만
누군가에게 따스히 향할 마음을 위해
누군가 편안히 다가올 마음을 위해
한시라도 문 걸어 잠근 적 없다

그러니 오늘도 밤거리 홀로 헤매며
미안하다고 오직 미안할 뿐이라고
혼잣말이나 풀풀 날려대는 그대
그대도 이제
그 오래된 단절의 문을 박차고 나오시라
거기
격렬하지는 못하지만 비열하지도 않은
또 다른 삶의 그대가 가만 서 있을 것이니,

반달

심사 어지러워
술 취해 돌아오는 밤
허우적허우적 길은 비추지 않고
자꾸만 등을 때리는 반달

반이면 족하다고
그 이상 원하지 말라고
절대 모든 것을 걸지 말라고
아프게 가슴 치는 반달

머리맡까지 따라와
반토막 잠도 허락지 않고
세상 모든 게 욕심이라고
자꾸만 몸을 들쑤시는 반달

내 술집이 사라졌다

서운하고 허전하고 아쉽고 안타깝지만
내가 잘 가던 맥줏집이 문을 닫았다
맥줏집이지만 나를 위해 막걸리를 사오고
가끔 삼겹살도 구워주는 집이었다
그 집에서 목포홍어집 사장을 불러 노래를 불렀고
산 친구들과 연거푸 술잔을 비우기도 했다
문제는 월세에 있었다
늙은 집주인 내외가 기대고 있는 월세이니
좀 올리면 그러려니 하려 했지만
엄청 올려달라는 것을 감당할 수 없었다는 것이
월세 맥줏집 사장의 힘없는 전언이었다
비워진 채 방치되어 그늘만 가득한 집을
고치고 닦고 또 닦아서 문 열었는데
장사가 될 만하니 훌쩍 월세를 올리겠다는 소리에
한없이 야속해진 월세 맥줏집 사장은
멀리 흘러간 노래에 맨 정신도 띄워보냈다
월세를 높게 올린 집주인이 너무했다 싶기도 하지만
나이 들어 그들도 허리를 좀 펴고 싶었을 것이고
개업 이 년 만에 장사가 된다 싶었는데 접어야 하는
월세 맥줏집 사장의 심사가 걱정되기도 하는데

그렇거나 말거나 지나가는 당신은
그들 사정이야 내 알 바 아니라 할 것이고
이런 글 따위는 시시하다고 거들떠보지도 않을 것이고
나는 또 무엇이 문제인가조차 이미 식상해져
한밤의 그늘 속에서 막걸리나 퍼마시는 것인데
누가 알거나 모르거나 그렇거나 말거나
아무튼 내 사랑하는 술집이 사라졌다
서운하고 허전하고 아쉽고 안타깝게 말이다.

세밑

왜 사느냐고 묻는 짓 따위는 하지 말자
지금은 그저 소주와 꼬막의 시간
그야말로 다사다난했던 한 해가 마침내 저물어
그 볼품없이 힘겨웠던 날들이나마 옆에 낀 채
아이고야 입안에 쓴 물이나 홀짝 쏟아 넣고
무엇인가 잘근잘근 씹어대야 할 시간
우리만의 그 거룩한 시간 앞에서
새해는 어쩌고저쩌고 따위도 하지 말자
그저 해가 지면 비틀비틀 밤이고
해가 뜨면 다시 몸을 부려야 하는 것이
우리네 고단하지만 함께하는 삶이니
굳이 한마디 하시려거든
아따 꼬막 삶는 김이 참말로 푸짐하기도 허요
정도면 충분하고도 남음이 있는 것
찬바람 속에 정 발걸음 떼기 싫으면
감태 좌판 잠깐 밀치고 엉덩이 들이밀면 그뿐
그리하여 스스럼없이 하나가 되는
지금은 우리들의 피가 되고 살이 되는
초라하지만 정겨운 소주와 꼬막의 시간
시장 한 귀퉁이가 저절로 그윽해지는 시간

그렇게 하루가 가고 한 해가 간다
아쉽지만 다행스럽게도 따뜻하게 간다

출근을 하네

나는 오늘도
출근을 하네

어떻게 살 것인가를
아주 잠깐 생각하고
빵을 만들면서도
늘 빵값이 부담스러운 사람들과
옷을 만들면서도
늘 옷 하나 사는 것을 주저하는 사람들과
집을 만들면서도
정작 제 집은 없는 사람들을 생각하며
출근을 하네

한 번이라도 굽실거리는 것을 줄이기 위해
한 번 더 굽실거릴 곳으로
한 푼이라도 더 받기 위해
한 푼 더 꺼내어 기꺼이 술을 살 곳으로
출근을 하네
그렇다고 썩 나아질 것도 없지만
애써 웃음을 머금고

룰루랄라 발걸음도 가볍게
출근을 하네

나를 팔아 나를 살리려고
나는 오늘도 여전히
출근을 하네

한 노동자가 있다

한 노동자가 있다
일을 조금 하겠다는 것도 아니고
가진 것 더 달라고 떼를 쓴 것도 아니고
그저 사람대우나 좀 해달라며
바른 소리 하다가 한바탕 몸싸움으로
맥없이 잘려 버려진 한 노동자가 있다

혼자 술 마시려니 외로워 미치겠네
산속이라 그런지 더 춥네
제발 끝까지 잊지나 말아줘
내가 끊을 때까지 전화도 끊지 말아줘

한 노동자가 있다
노동의 세계에서 진작 쫓겨났으니
노동자라 하면 안 된다는 몹쓸 사람도 있지만
끝까지 이 땅의 노동자로 살고 싶다는
그 꿈 하나만이라도 간직하고 싶다는
쓸쓸히 지고 있는 한 노동자가 있다
그를 생각하며 술을 마신다
산속이 아니어도 춥기는 마찬가지

잊지 않겠다는 것이 고작인 나는
아직 전화를 끊지 못하고 있다

촛불이 타올랐다

촛불을 들고 모여들었다
아직 가녀린 얼굴과 주름 가득한 얼굴이 함께
푸성귀를 다듬던 손과 소를 키우던 손이 함께
놀이터에서 놀던 발과 잔업에 지친 발이 함께
비통하고 비참하지만 희망의 불씨를 살리자며
광장으로 더 넓은 광장으로 모여들었다

그런 촛불을 향해 누군가는 간교하게
바람 불면 꺼질 것이라고 멸시의 말을 던졌지만
한번 붙은 촛불은 서로를 일으키는 바람이 되어
부정과 오만을 태우는 횃불이 되었다
농간과 독선을 불사르는 들불이 되었다
나라를 바로잡자는 거센 함성으로 메아리쳤다

그러나 촛불은 함부로 날뛰지 않았다
미친 듯이 아무 곳으로나 널뛰지도 않았다
경거망동의 난장판으로 일그러지지도 않았다
촛불은 울분과 한탄으로 타올랐지만
상한 마음을 서로 다독이고 어루만지며
간절한 평화의 염원으로 번져나갔다

그리하여 광장의 촛불은 마침내
국민이 주인인 대한민국을 보여주었고
애타게 두드리던 민주의 문을 다시 열어주었다
억압에서 벗어난 자유와 정의의 이름이 되었고
두고두고 소중하게 이어질 민중의 힘이 되었다
그렇게 촛불은 끝내 아름다울 이 땅의 역사가 되었다

촛불의 겨울

세찬 돌팔매로 울분을 토하고 싶었지만
망치를 들어 단숨에 깨부수고도 싶었지만
트랙터를 몰고 가서 죄 갈아엎고도 싶었지만
가슴 간신히 부여잡고 촛불을 들었다

사방팔방에서 맵찬 바람이 불어쳐도
기습 한파가 귀때기에 찰싹 달라붙어도
용천지랄하듯 눈보라가 쏴쏴 휘몰아쳐도
우리의 촛불은 더욱 거세게 솟아올랐다

오만과 독선과 농간을 깡그리 불태우고
부패와 타락과 부정을 모조리 불사르고
정의와 평등과 민주를 되살리기 위하여
너 나 할 것 없이 촛불이 되어 활활 타올랐다

이천십육 년 병신년의 겨울이었다
국민이 다시 이 나라의 소중한 주인이 되고
한 사람 한 사람이 온전하게 중심으로 우뚝 선
장엄하게 아름답고 평화로운 촛불의 겨울이었다

작은 것

한 술자리에서 작고 사소한 것을 더욱 존중하겠다고 말한 적이 있는데 이를 어찌 알았는지 병실에서 만난 환갑 지난 우리 큰누님 작은 키가 더 작아지셨다. 산속 생활에서 오랜 만에 내려온 해고자 친구의 어깨는 더 움츠러들어 있었고 어색하게 무거운 술자리도 소주 몇 잔으로 짧게 끝났다. 그 날 밤늦게 온 내 잠도 서둘러 떠나버렸다.

그날 이후 작은 것을 더 소중히 여겨야겠다는 다짐만 크게 남았다.

해 설

탈각脫殼과 유랑의식

—윤임수의 시세계

김현정(문학평론가)

1

윤임수의 두 번째 시집의 키워드는 '탈각'과 '유랑'이다. 그의 시적 여정이 끊임없이 무언가에서 벗어나려 하고, 어느 한곳에 정주하지 못한 채 떠돌고 있기 때문이다. 시인은 탈각과 유랑의 변증법적 관계 속에서 자신만의 시세계를 구축해 나가고 있다. 이러한 징후는 이미 타자의 상처를 꼼꼼히 살피고 그 상처를 내재화한 첫 시집『상처의 집』(실천문학사, 2005)에서 보여준 바 있다. '기차'와 연관된 일을 하고 있는 그는 기차를 타고 떠돌이가 되어 타자의 삶을 목도하고, 그들의 상처를 들여다보고 드러내는 작업을 첫 시집에서 표출한 것이다.

두 번째 시집『절반의 길』에서는 이러한 탈각과 유랑의 모습이 좀 더 다양하게 나타난다. 타자의 상처뿐만 아니라 개인과 가족의 상처, 그리고 사소하고 하찮은 대상의 상처까지

96

모두 포용하고 있다. '상처'를 치유하기 위해 그는 '술'을 가까이하고, '달'을 응시하며, '절' 근처를 맴돈다. 또한 시인은 상처를 치유하기 위해 유랑한다. 기차가 출발하여 역에 들어서서 멈추었다가 다른 역으로 가듯, 시인도 어느 한곳에 오래 머물지 않고 떠도는 과정을 통해 상처를 치유하고 있는 것이다. 시인은 이처럼 정주와 별리別離, 탈각과 유랑의 관계 속에서 세상의 상처를 발견하고, 치유하는 길을 걷고 있다. 이것이 윤임수의 시인의 길이고, 시의 길인 것이다.

2

상처를 경험해본 사람만이 상처를 감싸안을 수 있다. 미경험자는 피상적으로 관념적으로 상처를 끄집어내어 자칫 상처를 치료(치유)하는 것이 아니라 덧나게 하는 경우가 많다. 시인은 이를 알기에 조심스럽게 가족사의 아픔과 슬픔을 시로 형상화한다. 유년 시절 '종자 콩'까지 팔아야 하는 가난했던 시절을 떠올린다.

컴컴한 뒷방 뒤져 어머니
종자 콩 팔아 돈 사온 날

가난에 흠뻑 취한 아버지와
해거름부터 대판 싸운 날

울 밑에 쪼그려 앉은 내게

달빛 웃음 건네주던,

—「채송화」전문

아무리 가난해도 '종자'는 먹거나 팔지 않는다고 했는데, 얼마나 가난했으면 어머니는 "종자 콩"을 팔게 되었을까? 지독히 가난했음을 반증하는 것이라 할 수 있다. 그러나 가난은 단순한 가난이 아닌 듯하다. "종자 콩 팔아 돈 사온 날" "아버지와 해거름부터 대판 싸운 날"이라고 표현한 것에서 유추할 수 있다. 시적 화자가 아버지와 싸움의 상대가 될 수 없었을 텐데도 이처럼 아버지와 심하게 다툰 것을 보면 "가난"과 "아버지" 사이에 분명 무슨 까닭이 있었을 듯하다. 그러나 그 연유는 알 길이 없다. 아버지와의 불화를 통해 시적 화자는 심한 마음의 상처를 입게 된다. 그 상처를 달래주는 대상은 아버지도, 어머니도 아닌 울밑에 피어 있는 채송화이다. 시인은 채송화를 보며 유년 시절 자신의 상처를 달래주고, "달빛 웃음" 건네주던 그 꽃을 그리워하고 있는 것이다. 시「새벽달」에서는 가족을 위해 평생 일만 하시는 어머니에 대한 연민의식을 담아낸다. 화자는 "찬바람 맞으며" 아픈 다리 이끌고 새벽부터 일터로 나가는 어머니의 모습을 안타깝게 목도한다. "움츠러드는 마음" "찬바람 맞으며" "다리 아픈" "가물가물한 눈빛" 등의 시구들이 고단한 어머니의 이미지를 잘 보여주고 있다. 새벽달이 "다독, 다독거"린다고 표현한 데서 어머니의 길을 비추어주던 '달'에 대한 고마움을 드러낸다. 새벽길을 밝혀주기도 하고, 늦은 저녁 길을 밝혀주기도 하는 달은 농민들에게 더할 나위 없이 소중한 대상이다.

　슬픈 가족사의 속살을 보여준 시인은 상처를 치유하기 위해 지금까지 살아온 자신의 삶을 반추하게 된다. 자신으로 인해 생긴 무수한 상처를 들여다본 것이다. 인생의 반환점이자 전환점이 되는 '지천명'의 나이에 시인은 지금까지 살아온 자신의 삶이 거칠고 투박한 삶이었음을 느낀다. 그는 그동안 타인을 위한 삶보다는 자신을 위한 삶을 살아왔음을 토로한다.

　　앞뒤 재지 않고 욱하던 시절이 있었네
　　함부로 뱉은 말들이 사정없이 벽을 때렸고
　　날아간 소주잔이 서로를 아프게 치기도 했네

—「근황」 부분

　위 시는 자신의 성정을 다스리지 못해 앞뒤 가리지 않고 '욱'하던 시절을 반성하고 있다. 함부로 뱉은 말과 거친 행동으로 인해 상처받았을 다른 사람들에게 고해성사하고 있는 것이다. 물론 싸움이 일방적인 것이 아닌 쌍방의 힘겨루기를 통해 발생한다는 것을 알면서도 당시 그 상황에서 인내하지 못하고 상대방에게 상처를 준 것에 대해 화자는 반성하고 있다. 지천명의 나이가 되어 지난날의 거칠고 절제되지 못한 삶을 후회하고 있다. 자신의 사려깊지 못한 말과 행동으로 낳은 상대방과의 불협화음, 앙금, 갈등 등에 대해 자숙한다. '근황'이라는 제목을 통해 얼마 전까지 그랬음을 짐작할 수 있다. '욱'하던 성미로 서로에게 커다란 상처를 주는 것을 경험한 시인은 말의 순화를 꿈꾼다. 현대사회는 소음이 난무하는 시대이다. 필요한 말, 순화된 말 대신 불필요한 말들, 거칠고 순화되지 않은 말들로 인해 현대인들은 극도로 피곤한 상태에 놓여 있다. 그리하여 시인은 말도 겨울잠을 자기를 희망한다. "고함과 비난과 악다구니와/ 트집과 막말과 비아냥거림은/ 하얀 눈에 묻혀 좀 유순해지고/ 모욕과 천시와 안하무인과/ 멸시와 경멸과 아귀다툼은/ 더 깊은 잠에서 끝내 깨어나지 말"(「말의 잠」)기를 바라고 있다. '고함', '비난', '악다구니', '트집', '막말', '비아냥거림', '모욕', '천시', '안하무인', '멸시', '경멸', '아귀다툼' 등이 겨우 내내 순화의 과정을 거쳐 새봄에 "맑고 참하고 순수하고/ 밝고 부드럽고 따뜻하고/ 고운 말들만 예쁘게 싹틔"우길 꿈꾸고 있다.

지금까지의 삶에 대한 성찰의 시간을 가진 시인은 자신의 상처를 치유하기 위해, 그리고 새로운 삶을 꿈꾸기 위해 '탈각'과 '유랑'의 시간을 갖는다. 끊임없이 삶의 껍데기에서 벗어나기 위한 작업이 탈각의 시간이라면, 노마드적 상상력으로 새로운 삶의 공간을 찾아 떠나는 것은 유랑의 시간이라 할 수 있다. 자신의 상처를 치유하는 방법 중의 하나는 자신보다 더 낮은 곳을 보는 것이다. 자신보다 더 슬픈, 더 어두운, 더 아픈 대상을 봄으로써 위무가 가능해지기 때문이다. '그래도 다행'이라는 생각처럼 위안되는 말이 또 있을까? 그리하여 발길이 머문 곳이 '후미진 곳'이다.

자꾸만 들여다보게 되는
어느새 발걸음도 그쪽으로 향하고 있는
후미진 곳

분꽃이 어깨 축 늘어뜨리고 있는 곳
땅에 길게 엎드린 강아지도 짖지 않는 곳
오래된 담벼락이 금세 와르르 무너질 것 같은 곳
설익은 대추알이 심심에 겨워 툭 떨어지다가
제 소리에 놀라 슬그머니 풀숲으로 기어드는 곳
햇볕도 서둘러 품을 거두는 곳
바람도 심드렁히 지나간 뒤 다시 찾지 않는 곳
조용과 조용이 손을 잡고 움직이지 않는 곳

그런 곳에 자꾸만 눈이 간다
지친 눈빛으로 쓸쓸히 뒤돌아선 너와 같아서
그런 너를 힘없이 바라보고 있던 나와 같아서
　　　　　　　　　　　　　　—「후미진 곳」전문

　사람들의 눈길이 잘 닿지 않는 후미진 곳에 대한 성찰을
담아내고 있는 시이다. 시인의 눈길이 닿은 곳은 밝음보다
는 어둠이, 빛보다는 그늘이 먼저 가 있는 곳이다. 그곳은
사람들의 관심이 덜 가는 곳이기에 한편으로 한적하고 호젓
한 느낌이 많이 드는 곳이다. 시인이 사람의 발길이 드문,
소외되고 후미진 곳에 더 눈길을 주는 것은 '결핍'이 많이 존
재하기 때문이다. 그곳엔 세상에서 밀려난 외롭고 쓸쓸하

게 살아가는 대상이 많이 모여 있다. 자신과 비슷한 처지에 있는 대상들이기도 하다. 그곳은 "지친 눈빛으로 쓸쓸히 뒤돌아선 너"와 같기도 하고, "그런 너를 힘없이 바라보고 있던 나"와 같기도 한 곳이다. 이렇듯 시인은 외지고 후미진 곳에 사는 사람들과 동일시되어 위로도 받고, 자신의 상처를 치유할 에너지를 얻기도 한다. 그럼에도 시인은 아직 갈피를 잡지 못한다. 그리하여 외로움과 고통을 잊게 해주는 술집을 찾게 된다. 자신의 외로움과 허전함을 달래려 찾았던 단골 술집을 말이다.

> 며칠 만에 찾아가도
> 아따 참말로 오랜만이네
> 경쾌한 호들갑이 반겨주는 집
>
> 주름 순한 바깥어른의 너스레가
> 그대로 안주가 되는 집
>
> 오늘 맛있는 게 뭐요 물으면
> 그야 당연 술이지 뭐 답변이
> 약간의 취기를 머금고 날아오는 집
>
> 그 말이 반가워
> 나도 때로는 술안주가 되는 집
>
> 아주 가끔은 세상을 등지고

주인장과 작당하여 한 사나흘

취했다 깼다 하고 싶은 집

—「그 술집」부분

  그의 시집에는 술집이 종종 등장한다. 그가 찾아가는 술
집은 값이 비싼 고급 술집이 아니다. 막걸리, 파전 등을 파
는 서민들이 모여 있는 술집이다. 그곳에 가면 반갑게 맞아
주는 "주름 순한 바깥어른의 너스레"도 있고, 술집 자체만
으로 "술안주가 되는 집"이다. 그리고 "가끔은 세상을 등지
고/ 주인장과 작당하여 한 사나흘/ 취했다 깼다 하고 싶은
집"이다. 말이 잘 통하는 사랑하는 그대와 지인들과 함께 하
고 싶은 집이다. 시인은 언제 어느 때이든 반겨주는 술집을
찾아가 외로움을 달래고, 자신의 아픔과 슬픔을 위무한 것
이다. 그곳은 개인의 아픔과 슬픔이 무화된, 부조리한 세상
과도 단절된 안락의 공간이다. 또한 그는 외로움을 달래기
위해 술을 마시기도 한다. 비 오는 날, 그는 홀로 술을 마
신다. "먹을 갈던 강진의 다산도/ 금을 뜯던 송도의 황진이
도/ 산길 더듬어 낯선 주막에 든 고산자도/ 쓸쓸한 가슴 가
득 술을 부었을 것이라고"(「독작」) 생각하며 독작을 하고 있
는 것이다. "한 잔 가득 외로움"을 마시고 있다. 홀로 외로
움을 달래던 그는 '반달'을 보며 결핍보다는 남아 있는 부분
의 긍정적인 의미를 엿보게 된다.

  심사 어지러워

  술 취해 돌아오는 밤

허우적허우적 길은 비추지 않고
자꾸만 등을 때리는 반달

반이면 족하다고
그 이상 원하지 말라고
절대 모든 것을 걸지 말라고
아프게 가슴 치는 반달

머리맡까지 따라와
반토막 잠도 허락지 않고
세상 모든 게 욕심이라고
자꾸만 몸을 들쑤시는 반달

—「반달」전문

위 시는 세상 살아가는 데 "반이면 족하다"고 일러주고 있다. 반달로도 얼마든지 세상을 밝혀주고, 또 다른 반을 채워갈 수 있는 힘이 된다는 것을 역설하고 있다. 결핍이 있기에 결핍을 채우려는 욕망이 생길 수 있고, 결핍을 경험했기에 그 힘으로 다른 이들의 결핍을 감싸 안을 수 있는 힘이 생길 수 있다는 것을 시사하고 있다. 어떤 사람은 초승달로, 어떤 사람은 반달로, 어떤 사람은 보름달로 살아가지만 모두 만족하며 살아가는 이는 거의 없다. 보름달의 인생을 살아가는 사람마저도 언젠가는 반달, 초승달, 그믐이 되지 않을까하는 불안감에 사로잡히기도 한다. 오히려 결핍을 가진 이들이 그믐에서 초승달로, 초승달에서 반달로, 반달에서 보름달로 이어질 것이라는 희망 속에 살아간다. 그렇기에 더 역동적일 수 있다. 시인은 '반달'을 보며 이를 깨달은 것이다. "반이면 족하다고/ 그 이상 원하지 말라"는 반달의 메시지를 들은 것이다.

3

윤임수의 시적 여정은 계속 된다. 정해진 것이 없이, 목적이 없이 정처없이 떠도는 구름처럼 어디론가 무작정 떠난다. 그런데 그의 발길이 닿는 곳이 단순히 무작정無酌定의 의미만 내포하지 않는다. 무작정 속에 작정作定의 의미도 함축되어 있다. 자신의 삶을 깨우쳐 주는 절[寺]도 작정의 의미를 담고 있는 공간이라 할 수 있다. 양산 통도사도 그중 하나이다. "무작정 살아온 날도 평온으로 말하자면/ 결코 헛된 것만은 아니어서/ 다시 무작정 현판을 지긋이 올려다보며/ 무작정,/ 그대에게 은은한 눈빛 한 번 더 건네는 것이다"(「무작정」)라고 하여 통도사의 현판에 적혀 있는 '무작정'의 긍정적인 의미를 도출해낸다. 시인의 삶이 '무작정' 살아온 것 같지만, "결코 헛된 것만은 아니"었음을 내포하고 있는 것이다. 시인은 또한 전남 화순에 있는 운주사로 떠난다.

한겨울 내내 뒤척뒤척
노숙으로 견디시더니
꽃망울 맺히자 비로소

햇살 품에 고이 잠든

저 오래된 여민의 침묵

—「운주사 와불」 전문

    운주사 와불을 통해 "여민의 침묵"을 읽는다. 와불은 다른 불상과는 달리 실내가 아닌 밖에 있어 비가 오나 눈이 오나 '노숙'으로 지내야만 한다. 그리고 그 불상은 두 눈이 없다. 부처의 삶을 보여주듯 민초들의 광명을 위해 두 눈을 과감히 바치고, 외지고 후미진 곳에서 풍찬노숙하고 있는 것이다. 시인은 이를 통해 지치고 힘든 자신의 삶이 결코 헤어날 수 없을 고통과 슬픔이 아님을 깨닫게 된다. 와불을 보며 자신의 삶을 추스른 시인은 서울 관악산 동편에 위치한 관악사지로 발길을 옮긴다. 관악사지는 신라 말 의상대사가 지은 절로 18세기에 소멸된 것으로 보고 있다. 시인은 관악사지를 보며 '폐사지'를 떠올리기보다는 새로운 생성의 의미를 되찾는다. 그곳은 "버려진 우물 하나와/ 한 기의 부도만 남아 있는 곳/ 망초가 만발하여 망조가 든 곳"이 아니라 "먼 길 달려와 온몸 노곤한/ 바람 한 자락 고이 잠들어 있는 곳"이고, "꽃잎이 졸린 눈을 비비며/ 그 바람 자장자장 어르고 있는 곳"으로 보고 있는 것이다. 그 바람이 "버려진 우물 하나와/ 한 기의 부도를 오랜 상처로 보듬고/ 아무렇지도 않은 듯/ 은근슬쩍 한여름 햇볕을 끌어들여/ 긴 호흡으로 내통하는 곳"이다. 폐사지지만, 그곳도 역시 생명이 깃든, 생성의 공간임을 보여주고 있다. 시인은 이처럼 무너지고 없어진 옛터에 새로운 생기를 불어넣어 의미를 부여하고 있는 것이다.

산사에서 결핍의 의미를 생성의 의미로 깨달은 시인은 모든 대상들을 긍정적으로 바라보기 시작한다. 노을의 풍경도 새롭게 다가온다. "해가 지면서 잠시 열린 하늘 강// 그대 오늘도 잘 살았다고/ 가만사뿐/ 불그레한 웃음 전하고 있다."(「하늘 강」)라고 하여 오늘 하루를 치열하게 산 대상에게 "불그레한 웃음"을 전하고 있다. 해질녘 서산 하늘에 걸친 노을을 "해가 지면서 잠시 열린 하늘 강"이라고 표현한 것이 참신하다. 붉은 노을을 "불그레한 웃음"으로 묘사한 것도 이색적이다. 이를 통해 시인의 비관적인 모습이 아닌 낙천적인 면을 엿볼 수 있다. 시인의 발걸음은 겨울에서 봄으로 오는 산으로 향한다. 그곳의 양지바른 산길뿐만 아니라 그늘지고 얼음이 녹지 않은 산길에 훈기를 불어넣는다.

> 햇볕 들지 않는 산길
> 단단한 얼음 녹이는
> 산객의 밝은 발걸음 소리
>
> 안으로 움츠러드는 날들
> 처지는 마음 다독이는
> 그대 따스한 발걸음 소리
>
> —「발걸음 소리」 전문

음지에 있는, 외로운 대상들에게 다가오는 희망의 소리를 듣는다. 햇볕 들지 않는 산길은 겨우 내내 눈과 얼음으로 뒤

덮여 있다. 이 눈과 얼음을 녹게 하는 것은 다름 아닌 산객의 발걸음과 봄기운인 것처럼, 기운 없는 힘겨운 날들과 지독한 외로움을 달래주던 것은 따뜻하고 경쾌한 그대들의 발걸음 소리이다. 대지든 사람이든 모두 '인기人氣', 사람의 기운을 통해 삶을 영위하게 됨을 보여주고 있다. 그리하여 시인도 외롭고 쓸쓸한 대상들에게 온기를 불어넣고자 한다. 물론 아직도 상처가 치유되지 않은 시인에게 문득문득 걷기 수월한 길을 걷고 싶은 욕망이 남아 있다. "겨울 계족산을 오르다가 남향인 왼쪽 절반은 햇볕에 내어주고 북향인 오른쪽 절반은 눈에 덮인 봉분 하나를 보았다. 나는 가급적이면 왼쪽 절반의 길을 걷고 싶다."(『절반의 길』)라고 하여 양지의 순탄한 길을 걷고 싶은 욕망을 드러내기도 한다. 지금까지의 슬픔과 고통과 좌절의 삶에서 벗어나 기쁨과 희열과 희망이 가득한 삶을 영위하고 싶은 것이다. 그의 이러한 욕망이 어둠과 그늘, 슬픔과 고통을 포함한 밝음과 기쁨과 희열에서 나온 것이기에 이전보다 훨씬 성숙한 의미를 지닌다.

이러한 과정을 거친 시인은 노숙자의 의미 또한 다르게 인식한다.

잡으려다 잡으려다 놓친 세상
허허 쫓겨나 잠시 넋을 놓고 있지만
그리 안타까운 눈으로 내려보지 마시라
혹시 뭐 건네줄 게 있으려나
가난한 주머니를 뒤지지도 마시라
배고파도 눈 감으면 고프지 않고

서러워도 돌아누우면 서럽지 않으니

별이 뜨면 다시 꿈을 꾸고

해가 뜨면 다시 일어설 것이니

길 가다 멈춘 사람아

걱정 말고 가던 길이나 마저 가시라

그래 내 삶 아직 끝나지 않았으니

그래 내 길 다시 걸어갈 것이니

―「노숙」 전문

　우리는 대부분 노숙에 대해 부정적인 시각으로 바라본다. 자신의 꿈과 희망을 잃어 더 이상 갈 데 없는 대상으로 보기 때문이다. 그리하여 노숙자를 연민의 시선으로 보기 일쑤이다. 그러나 윤 시인은 다르다. "잡으려다 놓친 세상" 잠시 넋을 놓고 있기에 그들을 안타까운 시선으로 보는 것에 대해 부정적이다. "배고파도 눈 감으면 고프지 않고/ 서러워도 돌아누우면 서럽지 않으니" 너무 걱정하지 말라는 것이다. "별이 뜨면 다시 꿈을 꾸고/ 해가 뜨면 다시 일어설 것"이니 너무 연민의 시선으로 보지 말라는 것이다. 그리하여 "길 가다 멈춘 사람아/ 걱정 말고 가던 길이나 마저 가시라"고 한다. 노숙자를 꿈이 좌절되거나 사라진, 안타까운 모습이 아닌 꿈을 잠시 잃어버린, 긍정의 시선으로 보고 있는 것이다. '노숙'을 우리와 격리된, 실패한 인생의 거울처럼 보지 않고, 길을 잠시 잃은 꿈을 잠시 놓친 대상으로 본 시인에게는 겨울숲의 의미도 새롭게 다가온다. 이는 "야생을 위해 도토리를 덮어주는/ 저 무성한 낙엽들// 겨울이어

도 숲은/ 결코 메마른 것이 아니었습니다.(『겨울 숲』)를 노래
한 데서 알 수 있다. 황량한 겨울 이미지가 아닌 훈훈한 겨
울을 연상케 하는 시로 역발상을 보여주고 있다. 야생은 인
간에 의해서가 아니라 산에서 스스로 자란다는 교훈을 보여
주고 있다. 야생적 삶을 보존하기 위해 무성한 낙엽들이 산
을 덮어주고, 이 낙엽이 겨우 내내 겨울산을 메마르지 않게
하고 온기를 지니게 만든다. 시인은 겨울을 쓸쓸한 계절 또
는 황량한 계절로 보지 않고 생명을 잉태하는, 희망을 내포
하는 계절로 보고 있는 것이다.

　탈각과 유랑의 시적 여정을 걷던 시인은 앞으로 자신이 걸
어가야 할 길, 시인으로서의 가야 할 길을 보여주고 있다.

　　살아 있는 동안만이라도
　　나하고 같이 살아 있는 사람들에게
　　따뜻한 위안이 되는 시를 쓰고 싶었다
　　그런 생각으로 아름다운 사람들과 어울리다가
　　그런 생각으로 기꺼이 술잔을 넘기다가
　　밤늦게 비틀비틀 취해 집에 돌아와
　　전날의 기억을 송두리째 내려놓기도 하고
　　착한 아내에게 꽤나 혼나기도 했지만
　　지금도 그런 생각에 전혀 변함이 없고
　　앞으로도 그렇게 살아갈 것이기에
　　나의 시는 여전히
　　진정으로 모두가 따뜻한 세상을 향할 것이다
　　내 옆의 소중한 사람들과 늘 함께할 것이다.
　　　　　　　　　　　　　　　　　　　　　―「나의 시」 부분

상처와 시련이 많았던 시인의 길을 엿볼 수 있다. 시인은 시에 대해 거창하게 말하지 않는다. 동시대를 살아가는 이들에게 "따뜻한 위안"이 되고, 조금이나마 "힘"이 될 수 있는 시를 쓰고 싶다고 소박하게 언급한다. 그는 '지금 여기'의 세상이 좀 더 "따뜻한 세상"으로 나아가도록 일조하고 싶고, 소중한 사람들과 함께하고 싶은 시를 쓰고자 한다. 그는 또한 '맷돌'을 통해 시의 길을 전하기도 한다. "아랫돌에 잘 박아놓은 중쇠처럼/ 중심 잘 잡고 살아라 말씀 건네는 저 맷돌/ 둘이든 셋이든 호흡 잘 맞는 맷돌질처럼/ 너희들 잘 어우러져라 눈빛 주시는 저 맷돌"(「저 맷돌」)을 통해서 말이다. 스트레스 풀기 쉽지 않았던 시절, 맷돌은 어머니들의 '한숨'과 '응어리'를 풀어주는 데 중요한 역할을 한 기구였다. 원형의 두 돌이 맞붙어 잘 돌아가도록 중심을 잡아주는 맷돌의 중쇠는 맷돌에서 매우 중요했는데, 이는 단순히 맷돌의 중심뿐만 아니라 인생에서 서로 호흡을 잘 맞추고 어우러져야 함을 의미한다는 점에서도 그러하다. 또한 시인은 이 '맷돌'을 통해 시인의 길, 시의 길을 배운다. 즉, 맷돌을 통해 남들에게 귀감이 되도록 중심을 잘 잡고 살아가는 법과 민초들의 한과 응어리를 풀어주는 법을 배우기도 하고, 서로 잘 조화를 이루어 어울릴 수 있는 법과 배고픔을 달래줄 희망을 내포하는 법을 터득하기도 하기 때문이다. 또한 시 속에서 많은 사람들을 담아내기를 욕망한다. "씨 뿌리는 사람, 키질하는 사람, 건초를 묶는 사람들…… 19세기를 대표하는 프랑스 화가 장 프랑수아 밀레의 그림에는 여러 사람이 들어 있다.// 내 시에도 사람이 가득했으면 좋겠다."(「사람」)라고 하여 19세기의 프랑스 화가 밀레의 그림처럼, 내 시에도 사람이 많이 등장하기를 희망하고 있다. 사람이 많이 등장하기 위해서는 많은 사람들을 만나야 되고, 그들의 애환도 알아야 하고, 그들의 슬픔도 읽어야 하고, 그들의 아픔을 감싸 안아야 한다. "사람만이 희망이다"라고 어느 시인이 얘기한 것처럼, 시인 또한 낮고 절박한, 힘없는 사람들의 생생한 목소리를 시에 담아내고자 한다.

윤임수는 이 시집을 통해 탈각과 유랑의식의 변증법적 관계를 보여주고 있다. 지금까지의 삶을 반추하고 무언가를 생성해내려는 '탈각'의 힘과 끊임없이 낯선 공간을 찾아 떠나는 유랑의식이 어우러져 새로운 의미를 도출해낸다. 가족사의 상처와 슬픔을 드러내어 탈각하고, 낮고 힘겨운 곳의 모습을 통해 개인의 상처와 슬픔을 치유하며, 좀 더 따뜻하고 여민與民할 수 있는 길을 모색한다. 그의 시적 여정이 다른 시인들과 차별되는 것은 '탈각'과 '유랑의식'의 이질적인 만남이 새로운 의미를 생성해내기 때문이다. 앞으로 따뜻한 시를 쓰기 위해, 많은 사람들의 다양한 풍경을 시에 담아내기 위한 그의 시적 여정이 어떻게 펼쳐질지 기대된다.